걷는사람 희곡선 2

지금도 가슴 설렌다 | 이혜빈

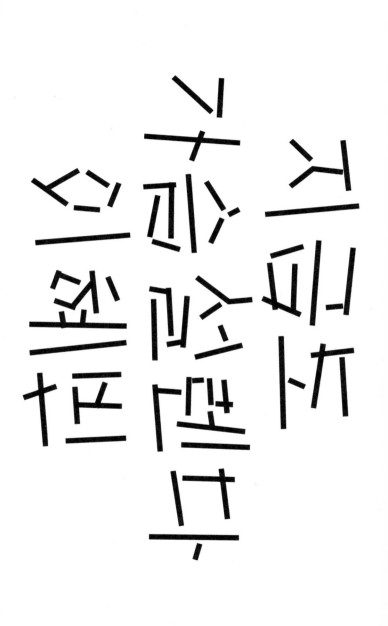

작가의 말

『지금도 가슴 설렌다』는 2012년에 한국예술종합학교에서 공연된 후 2013년에 남산예술센터, 선돌극장에서 낭독 형태의 공연으로 발표되었다. 그리고 2017년에 선돌극장에서 공연되었다.

이 책에 실린 대본은 2013년의 공연을 참고해 수정했다. 하지만 공연용 대본과는 다른 부분이 있으며 이번 수정 과정에서 등장인물의 이름이 바뀌기도 했다.

극작을 해보고 싶은 마음에 무작정 써봤던 장막극이라 미숙함이 곳곳에 묻어 있는 작품이다. 그런데 무대화 과정에서 많은 분들께 도움을 받아 희곡의 부족한 면을 적잖이 메울 수 있었다. 좋은 작품이 될 수 있도록 함께 애정을 쏟아주신 모든 분들께 감사드린다.

또한 이 희곡이 출판될 수 있도록 애써주신 걷는사람 박찬세 시인과 김은성 작가에게 감사드린다.

한 편의 러브레터를 쓰듯이 이 희곡을 썼다.
러브레터를 받은 이들에게 위로가 되길 바란다.

등장인물

달리   18세

은희   46세, 달리의 엄마

영서   48세, 달리의 아빠

순자   71세, 달리의 친조모

태준   70세, 달리의 친조부

영현   44세, 달리의 숙부

현경   35세, 달리의 숙모, 영무의 부인

미라   18세, 달리의 친구

옆집   70대 중반, 순자와 태준의 이웃

시간

현재.

3월 중순의 어느 날 오전 그리고

작년 섣달 그믐날 아침부터 다음 날 아침 해 뜰 무렵까지.

공간

순자와 태준의 집.

부산의 어느 동네, 90년도에 지어진 복도형 아파트 13층.

고지대에 위치한 아파트 바로 뒤엔 산이 있고, 아파트 단지 내의 보도에는 키 큰 나무들이 줄지어 서 있다.

현재는 겨울이라 나뭇가지만 앙상하지만 여름에는 나뭇잎들이 하늘을 가릴 정도로 울창해진다.

아파트 단지 입구의 상가 건물을 지나쳐 구불구불한 길을 따라가면 빽빽한 주택가들이 나오고,

주택가들을 지나 더 아래로 내려가면 큰 도로와 번잡한 시내가 펼쳐진다.

그리고 시내를 따라 걷다 보면 흐르는 강을 볼 수 있다.

순자와 태준의 아파트 복도에서 내려다보면 이 모든 동네의 전경이 훤하게 내려다보인다.

무대

이 극의 주요 공간은 순자와 태준의 집 큰방과 작은방, 아파트 복도다.

큰방은 큰방과 부엌 사이에 있는 미닫이문을 없애 거실로도 활용된다.

집 내부는 사실적으로 표현되지 않아도 된다.

다만 관객들이 공간을 상상할 수 있을 만큼의 대도구와 소품들이 있어야 한다.

빈 무대 혹은 무거운 대도구만 놓인 채 극이 시작되며 이후 달리의 상상 혹은 기억에 따라 무대가 조금씩 채워진다.

무대 앞쪽에는 아파트 복도 공간을 표시하는 난간이 있다.

일러두기

* (……)가 대사 끝부분에 표시되어 있으면 말끝을 흐린다
는 표시이다. 단독으로 있는 경우에는 무언가를 말하고
자 하는 욕구의 표시이다.

* 대사 사이의 빈 공간은 그 공간의 길이와 같은 길이의
사이, 침묵을 표시한다.

달리, 무대 앞쪽으로 등장한다.

난간 뒤에 서서 잠시 생각에 잠겨 있다가 옷 안에서 작은 초콜릿 상자를 꺼낸다.

사이, 양손으로 초콜릿 상자를 든 채 보다가

달리　　어렸을 때는 여기 자주 왔어요.

여 바로 밑에 내가 다닌 초등학교가 있었고, 우리 집은 바로 (관객석 왼쪽을 가리키며) 저기였거든요.

여 바로 뒤엔 산이 있는데, 산 중턱에는 내가 전학 가기 전까지 다녔던 중학교도 있어요. 그래서 학교 마치고 학원 안 가는 날엔 여기 왔어요.

여기 서 있으면 다 보여요. 다.

달리, 난간 앞으로 한 손을 뻗는다.
전경을 손가락으로 따라 그리며 말한다.

달리   하늘.

저 멀리 지평선 맞닿는 저긴, 강이 흐르구요.
산등성이가 군데군데 있어요.
저 산등성이 아래서부터 여 아래까지는 주택가
들이 쭉 이어져 있어요. 그리고, 그중에서 저 주
택……
저기, 저 초록색 옥상 2층 집이요.

저긴 내가 좋아하는 사람이 살고 있어요.
여기 서서 보면 그 집 마당이 다 보여요.

저긴 아파트 상가 건물이 있어요. 상가 건물 따라
서 여기 올라오는 길엔 나무들이 엄청 많아요. 이
나무들이 여름 되면 하늘 다 가릴 정도로 울창해
지거든요. 그래서 더운 여름에도 아파트 올라오는
길이 하나도 힘들지가 않아요. 걷다가 하늘 보면
나뭇잎 사이로 비치는 햇빛이 진짜……

그러다가 시원한 바람 불면, 나뭇잎들이 부딪히면서 사사삭
하는 소리를 내요.

여기 서 있으면 이 모든 게 다 보여요.
다 보여서
나는 여기 서 있어요.

뒤를 돌면 할머니 댁이에요.
(관객석 쪽을 가리키며) 거기선 할머니 집이 다 보여요.

달리, 난간을 넘어가 관객을 등지고 선다.
난간 앞으로 한 손을 뻗는다.
허공에 대고 손가락으로 그림을 그리듯 할머니 집 풍경을 묘사한다.
달리가 말하는 중간에는 다른 배우들이 등장해 공간에 필요한 소도구들을 가져다 놓은 후 퇴장한다.
그리고 마지막으로 순자와 태준이 등장해 나머지 소품들을 가져다 놓는다.

달리　　　문은 항상 반쯤 열려 있어서 초인종을 안 누르고 들어가요.

저쪽으로 가면 베란다, 베란다로는 뒷산이 보여
요. 저긴 부엌이에요. 부엌은 좁고 길어서, 부엌으
로 이어지는 큰방 문을 없애가지고 큰방을 거실
로 써요.

큰방 서랍장 위에 놓인 큰 거울에는 아빠랑 삼촌
결혼사진들, 나랑 사촌들 어렸을 때 사진들이 붙
어 있어요. 큰방에는 오래된 TV가 있고, 할머니는
저기서 전기장판을 켜놓고 하루 종일 TV를 봐요.
할아버지도 가끔 같이 TV 볼 때가 있는데 보통은
작은방에 혼자 있어요.

할아버지 방은 저기에. 작은 책장이 있고 옷 수납
장이 있어요.

방문은 항상
잠겨 있어요.

달리, 난간에 걸터앉아 무대를 본다.
무대가 조금 더 밝아지며 TV 소리가 들린다.
순자와 태준 두 사람은 거리를 두고 앉아 각각 무대 앞을 본
다.
둘 다 지루한 표정이다.
사이, 복도에 옆집 할아버지가 등장해 열려진 순자의 집 안
을 힐끗 보곤 지나간다.
태준, 밖의 인기척에 말없이 일어선다.

태준이 다리를 절며 현관에서 신발을 신고 나갈 때까지 순자는 TV만 본다.

사이.

순자는 리모컨을 들어 TV를 끄더니 천천히 일어나 서랍장을 열고 사진 앨범을 꺼낸다.

바닥에 앉아 앨범을 펼치고, 잘 안 보이는지 인상을 찌푸리다 비죽이 웃으며 다음 장으로 넘긴다.

그러다 눈을 감고는 팔목에 있던 염주를 손에 쥐고 중얼거린다.

이때, 아파트 복도로 은희가 등장한다.

달리, 은희가 보이자 초콜릿 상자를 다시 옷 안에 숨기고는 은희에게로 뛰어간다.

은희   어머니이? 계십니꺼.

순자   누고?

달리   할머니!

순자   아, 달리 왔나.

두 사람과 마주 선 순자, 목소리에 반가운 기색이 있지만 더 이상 가까이 다가가지 않는다.

순자   영서는?

은희   출장 갔습니더. 오후쯤 이리로 온대예.

순자   그래, 가가 욕본다.

여 앉아라.

은희 이제는 일 해야지예. 일 년 내내 집에서 놀았다 아
입니꺼. 저희 손가락 빨고 있었어예.

(문득 생각난 듯) 아버님은요?

순자 모르겠다. 좀 전에 나가던데.

은희 몸도 불편하신데.

식사는 하셨어요?

순자 요즘 소화가 안 돼서……. 먹긴 먹었다.

먹었나?

은희 오면서 먹었습니더!

이 집은 따뜻하네예. 여름엔 서늘하고 참 좋지요.

순자 그래. 여가 그런 건 좋지.

은희 좀 좁은 것만 아니면 두 분 사시기 괜찮지 뭐.

순자 오늘 서울 애한테서 전화 왔던데.

은희 안 온다고예.

순자 많이 아픈갑드라.

은희 요즘에는 젊은 사람들이 그렇게 갑상선암이라
네요.

순자 작년에 수술했는데 아직도 안 좋은갑네.

은희 한번 수술하면 여기저기 아프지 않겠습니꺼. 저
도 그렇대예.

순자   빨리 나아야 할 낀데. 아도 어리고.

은희   어제 저한테도 전화 와서예

순자   전화했드나.

은희   당연히 해야지예! 어머니한테만 전화하면 됩니꺼! 왜, 동서 말하는 게 안주 어리다 아입니꺼. 가 하는 말이, 삼촌한테 자기 죽으면 재혼하지 말라 캤다던데. 저한테도 (서울 말투 따라하며) '형님은 안 그럴 것 같아요? 형님도 그럴 걸요?' 이카든데. 내 같으면 재혼하라 칸다. 산 사람은 살아야지 그 무슨 짓이고.

순자   (버럭) 죽긴 와 죽노, 아직 젊은데.

은희   말이 그렇지 뭐. 심장 검사했는데 아직 결과는 안 나왔다 하대예.
        내가 그거 해보니까 바로 나오던데.

순자   병원마다 다른갑네.

은희   뭐 그렇겠습니꺼.

순자   영서는 요즘 일이 좀 되나.

은희   아휴, 이제야 풀리는 갑습니다.

순자   그래. 하다 보면 잘 되겠제.

은희   그럼 뭐합니꺼. 돈을 하도 써대니까 빚 갚는 데만 다 들어갑니다. 작년에는 내내 놀았는데 한 달에

삼백 기본으로 쓴다 아입니꺼. 이번에는 골프에 미쳐가지고 그거 하러 다닙니더. 일당쟁이라도 하라니까 골프 치러 간다고 안 하대예.

순자 가도 노는 거 좋아해서 참 큰일이다.

은희 아범만 그렇대예. 이 집안 식구 다 그렇드만요.

은희 영현 삼촌은 오늘 온대예?

순자 좀 있다 온다네.

두 사람 대화하는 사이 달리, 슬그머니 일어나 작은방으로 간다.
작은방 문을 살짝 열어보곤 아무도 없는 걸 확인하자 들어가 초콜릿 상자를 꺼낸다.
두리번거리다 옷 수납장 안에 숨긴다.
달리, 오랜만에 작은방을 보는 듯 천천히 둘러본다.

은희 애들은 요즘 어떻답니꺼.

순자 가들 엄마가 보고 있지 뭐.

은희 삼촌은 애들 안 보고예?

순자 자주 가는 갑드라.

은희 그럴 거면 합치지 않고.

순자 뭘 합치노, 그 난리를 쳤는데.

은희 아휴, 애들이 무슨 고생이고. 지금은 어려서 괜찮
대도 좀 있으면 사춘기 아입니꺼. 수지는 그렇다
처도 수현이는 걱정입니다. 애가 어둡게 자라지 않
겠습니꺼? 이 집안 장손인데.

순자 착하게 살아야지.

은희 가들 엄마가 밤에 일하러 다닌다는데. 애들 학교
갔다 오면 돌보는 사람도 없고…… 또, 지네 엄마
가 남자 만나고 그러면 애들한테도 영 안 좋을 낀
데. 삼촌은 재혼 안 한답니꺼? 만나는 여자도 많은
데 안 할라나?

순자 인연 닿으면 안 하겠나. 그게 아들한테도 좋고.

은희 그러게예. 어떤 여잘 만날지 모르겠네. 이번엔 좀
참한 걸 만나야 할 낀데.

순자 (베란다 창을 보며) 무릎이 쑤시는 게, 비가 올
라나.

은희 예. 밤부터 비 온답니다. 우산 챙겨 왔어예.

순자 달리는 어디 갔노.

은희 어, 야가 어딨노.
달리야! 달리야!

순자 밖에 나갔나?

은희 아닐 낀데…….

달리, 은희가 작은방으로 오는 소리가 들리자 자는 척한다.
은희, 달리가 자는 걸 보고 다시 돌아간다.

사이, 달리는 졸렸는지 깜빡 잠이 든다.

은희   자네예.

순자   아가 잠을 못 잤나? 공부한다고 글나?

은희   공부는 무슨! 안 합니더.

순자   그럼 와 잘 못 잤을꼬.

        사실 나도 요즘 잠을 잘 못 잔……

은희   (말을 자르며) 요즘 애들이 뭐 잘 시간챙겨서 잡니꺼.

순자   ……

        그래도 자랄 때 잘 자야제. 달리가 이번에 몇 학년이고?

은희   고등학교 이 학년입니더.

순자   벌씨로 그래 됐나?

은희   어머니, 고등학교 좋은 데 보낼라고 부산으로 다시 왔다 아입니꺼.

순자   맞다, 그랬제.

은희   야가 이불은 덥고 자려나? 아가 요즘 손, 발이 차네예. 예전에는 열이 많아가지고 할머니 집 오면 베란다 창문에 발바닥 붙이고 있었는데.

순자   그래. 즈그 아버지랑 꼭 같이 그랬제.

은희   요즘은 몸이 차가지고 겨울엔 발 시려서 못 살 대예.

순자   와 그라노?

은희　　모르겠습니더. 예전에는 머리숱도 많았는데 탈모
　　　　도 생겨서. 저번에는 애 데리고 대학 병원에 갔습
　　　　니더.

순자　　와 그란다대?

은희　　이유는 모르지예. 거의 스트레스 때문이라 하
　　　　는데. 지가 스트레스 받을 일이 어딨다고. 공부도
　　　　못하는데.

순자　　애들도 지 나름대로 스트레스 받제. 그래서 좀 어
　　　　떻노.

은희　　대학 병원 가서 치료받고 좀 나아졌는데. 그래도
　　　　예전에 머리가 참 예쁘드만 다 빠졌으예.

순자　　그럴 땐 먹는 게 중요하다. 잘 먹이라.

은희　　아이고, 먹는 거야 즈그 아빠 닮아서 잘 먹지예.

순자　　(웃으며) 그래. 영서 가가 쬐맨할 때부터 잘 먹었제.
　　　　여자아가 그래 키가 커도 되겠나?

은희　　예, 요새 애들이 어머니 키처럼 쪼맨하대예.

순자　　글나?

은희　　예, 다들 키 큽니더.

영현이 배낭을 메고 상자를 안은 채 복도에 등장한다.

은희　　여 바로 밑에 달리가 다닌 초등학교 있다 아입
　　　　니꺼. 요즘 거 아들도 초등학생 같대예.

순자　　그래, 달리가 여 다녔제. 아이고, 세월 참 빠르디.

　　　　　　　벌써 고등학생이고…….

은희　　그러게예. 어머니는 아 초등학교 졸업식 때한번 나
　　　　　　와 보시지도 않고예.

　　　　　　근데 뭐, 졸업식이 뭐라고예. 어머니 원래 그런 거
　　　　　　신경 안 쓰신다 아입니꺼.

순자　　…….

영현　　계신교.

순자　　누고?

은희, 일어나 현관으로 나간다.

영현의 모습이 보이자 순자는 반가운 표정을 지으며 일어
선다.

순자　　왔나.

은희　　삼촌 왔습니꺼.

영현　　어, 형수 오셨네. 형님은요.

은희　　출장 중인데 이따 늦게 온대예. 뭡니꺼?

영현　　아. (으쓱하곤 상자를 내려놓으며) 협찬!

순자　　혀…… 뭐라꼬오?

은희　　(비꼬며) 잘나가네.

영현　　(비니를 가리키며 자랑하듯) 이것도 받은 기라.

은희　　그 비니 이쁘네. 저 주이소. 달리 아빠랑 골프 치러
　　　　　　갈 때 딱이겠다.

순자   무슨 빵이 이래 많노?

영현   팬이 주대.

은희   좋겠네, 팬들 많아서.

영현   별로 안 돼.

은희   뭘 이렇게 많이 가지고 왔습니꺼. 누가 다 먹노.

영현   주는 거 받아 왔죠. 오늘이 발렌타인데이라네. 거 보면 초콜릿도 있습니다. 드이소.

은희   (비꼬며) 하이고, 연애하는 사람들은 이런 것도 챙기는 갑지.

순자   설이라고 챙겨 주드나.

영현   예. 가져가라고 이것저것 주대. 귀찮다 캐도.

순자   베풀어줘서 고맙네. 고맙다 캐라.

은희   (비꼬며) 엄청 좋은 거 많이 챙겨 줬네…….

영현   형아 있으면 당구나 칠랬는데 내일 가야겠네?

은희   그러이소. 등짝에 붙은 건 침낭이가?

영현   요즘 산 좀 탑니더.

순자   애들은?

영현   즈그 엄마 집에 있습니더. 안 올라 하대. 내일 아침에 데려올라고예.

은희   애들 곧 예민할 때다. 잘 챙기소.

영현   말 안 듣는다, 요즘.

은희   그럴 때일수록 더 신경 써야 하는 기라. 수현이가 좀 어둡드만. 남자아들은 자라서 사고 친다이.

영현   내성적이라 그렇지 뭐. 둘이가 성격이 완전 바졌어.

은희　수지 가는 완전 머시마제.

영현　맨날 돈 달라 해샀는다. 그 뭐라드라, 일지인?

은희　일진이라 카드나!

영현　즈그 선생님이 그라든데 자세한 건 모르겠고……

은희　(말을 자르며) 아이고, 어쩌노! 그 문젠데.

순자　일, 뭐, 그게 뭐꼬?

은희　불량 아들 있습니더.

순자　가가 그렇나?

태준이 복도로 등장한다. 천천히 현관으로 들어온다.

영현　잘 모르겠으예. 내야 뭐 돈만 주면 나가서 노니까
　　　뭘 압니꺼. 아직 큰 사고는 안 쳤어.

은희　애가 집에 와서는 생글생글 웃는다이가.
　　　아이고, 우짜노. 수현이가 즈그 누나한테 배우겠
　　　는데?

영현　아직은 안 그런……

은희　(말을 자르며) 아직은 어리다이가. 곧 사춘기 아입
　　　니꺼. 어, 아버님 오셨네예?

은희, 현관으로 나간다.
영현도 어슬렁거리며 나가 태준을 멀뚱히 본다.
태준, 손에 쥐고 있던 지팡이를 놓고 신을 벗는다.

은희	아버님 오셨습니꺼.
태준	으으어어어 어어어어언애애(어, 언제).
은희	달리랑 좀 전에 왔어예. 아범은 좀 있다 온다네예.
영현	오셨습니꺼.
태준	으으어어(어).
은희	어디 갔다 오셨어예?
태준	거거러이이이러러아아아(걸었다).
은희	아, 요 앞에 걷다 오셨습니꺼.
태준	으으어어 으으어(어, 어).

태준, 바로 작은방으로 들어가려고 하는데

은희	아버님, 식사는예?
태준	어어으 아아아안너너너느느다(어, 안 먹는다).
은희	과일이라도 드릴까예.
태준	대대대으으다다르르(됐다).
은희	예, 알겠습니더.

태준, 작은방에 들어간다.
달리가 자고 있는 걸 보자 인상을 찌푸린다.
윗옷을 벗어 옷걸이에 걸고는 달리를 향해 고함을 지른다.

태준	이이이이러러러라라리아아이(일어나라!).

달리, 미동도 없다.

태준이 고개를 숙여 달리를 손바닥으로 툭 친다.

달리, 인상을 찌푸리며 눈을 뜨고 비몽사몽 상태로 태준을 보며 몸을 일으킨다.

태준   나나라라아아이아아으아(일나라)!

달리   (잠이 덜 깬 듯) 응?

태준   나나라이이이 으으아아이(일나라, 어)?

달리   네?

태준   (고함을 지르며) 이! 이으으 이으 나나라가이으아
          (일어나서 나가라)!

달리   아…….

달리, 숨겨둔 초콜릿 상자를 꺼내려고 수납장 쪽으로 가려는데 달려온 은희의 손에 끌려 나온다.

태준은 두 사람이 나가자 바로 문을 닫고 잠근다.

이때 복도에 현경이 등장해 들어온다.

은희, 달리의 등을 찰싹 때린다.

순자   무슨 일이고.

은희   아버님 작은방 출입하는 거 싫어하신다 아입
          니꺼.

현경   저 왔어예. 무슨 일 있어요?

순자	어, 왔나?
달리	안녕하세요.
영현	어, 달리 있었나?

은희, 현경 손에 든 과일 봉지를 받아 든다.

은희	이런 건 삼촌한테 가져오라 하지. 안 무겁드나. 호진이는?
현경	센터에 있어예.
은희	아휴, 애 데리고 내일 와도 되는데. 나물은 내일 무칠 낀데.
현경	아입니더. 튀김옷 입힌 거는 내일 영무 씨가 가지고 온대예.
순자	그래, 그래. 수고했다.
은희	우리 둘밖에 없으니까 고생 많제. 서울 동서도 안 오고.
현경	아입니더. 형님이 고생 많지예.

달리, 은희가 가져온 짐 가방 안에서 만화책을 꺼내 본다.

은희	애나 성하나. 호진이 돌보느라 정신도 없을 텐데.
순자	호진이는 오늘 데리고 오나?
현경	아니요. 내일 영무 씨가 데리고 온대예.
영현	요즘은 말 좀 합니꺼, 어떻습니꺼.

현경 똑같지예, 뭐.

은희 자랄수록 힘들제. 힘도 세지고.

순자 그럴수록 착하게 살아야 한다.

현경 예.

은희 여기서 착한 게 왜 나옵니꺼. 절에 다닌 후부터 매 착하게 살라고 하시네예.

순자 착하게 살면 다 돌아온다.

은희 (달리를 보며) 야, 니 자꾸 이런 거 볼래? 공부해라!

달리 여기서 공부가 되나!

순자 몇 시고?

현경 12시 좀 넘었습니더.

순자 나는 절에 좀 갔다 와야겠다.

은희 지금예? 쌀쌀한데?

순자, 외투를 걸치고 나가자 가족들 일어서 배웅한다.
순자, 복도로 나가 퇴장한다.

영현 형아도 없고 내일 다시 올까.

달리 작은아빠.

영현 와.

달리 이거 뭐예요?

영현 침낭이다.

달리 침낭?

영현 어, 산에서 잘 때 덮고 자는 거다.

은희	이렇게 추운 날엔 입 돌아간다.
달리	왜 밖에서 자요?
영현	집이 무서버서.
달리	이거 얼만데요?
은희	삼촌은 오늘 안 오고?
영현	이거? 와. 갖고 싶나?
현경	예, 피곤할 것 같아서 내일 오라고 했어예.
달리	네.
은희	잘했다. 반찬 하는 것 좀 도와주드나.
현경	예.
영현	그럼 니 가지라.
달리	어, 진짜요? 이거 어떻게 하는 건데요?

영현이 달리에게 침낭을 펼쳐 보여주는 동안 은희와 현경의 대화가 이어진다.

은희	이 집에 셋째 삼촌 같은 사람도 있다, 그체?
현경	쪼매 도와줬어예.
은희	그게 어디고. 여기 숟가락으로 떠먹여야 하는 인간이 한둘이가. 동서 있어서 내가 그나마 낫다.
현경	저도예.
은희	살이 왜 이래 빠졌노. 호진이 때문에 그라나.
현경	예, 형님…… 어쩌노, 요즘엔 못 당하겠어예. 말 안 듣고 고집 피우고. 매일 호진이 잡으러 가느라 정

신이 없어예. 영무 씨는 며칠 전에 호진이랑 치고
박고 싸웠습니더.

은희 와?

현경 말 안 듣다가, 영무 씨 얼굴을 때린 기라.
영무 씨도 화나서 애를 때리뿌는데……

은희 아이고, 그 순한 삼촌이? 니 뭐라 했제.

현경 애 때리는데 어떻게 가만 있습니꺼.

은희 앞으로 어쩔끼고, 계속 크는데.

현경 요즘은 약 먹입니더. 수면제나 진정제…….

은희 좀 낫나?

현경 조금예. 별 소용은 없어예. 아예 위탁 시설에 보내
버릴까 생각도 되고예.

은희 안 보고 살겠나.

영서가 복도로 등장해 들어간다.

현경 어, 오셨어예.

영서 제수씨 왔는교.

은희 어, 여보 일찍 왔네?

영서 뭐하고 있노.

현경, 부엌으로 퇴장한다.

달리 아빠, 어서 와.

영서   니 벌써 와 있나.

영현   방금 갈라고 했다. 늦게 올 줄 알았드만.

영서   어, 일찍 끝났다. 엄마는?

영현   절에. 당구나 치러 가자. 여 있으이 갑갑하다.

영서   그럴까. 막내도 안 온다 카대.

영현   홀라 못 치겠네이. 와, 회사에 일 있다나.

영서   제수씨가 좀 아프단다.

영현   어디가.

은희   수술 한번 하면 후유증이 그래 남습니더.
          (영서가 나가려고 하자) 오자마자 무슨 당구고! 안
          피곤하나!

영서   괜찮다. 갔다 와서 쉬지 뭐.

은희   밥은.

영서   배 안 고프다.

은희   먹고 왔나?

영서   어, 거래처랑.

은희   또 당신이 산 거 아니제?

전화가 걸려 온다.

은희   여보세요?

영서   니 성냥개비같이 뭘 쓰고 있노.

영현   비다. 머리가 좀 더 길어야 멋 나는데. 장발로
          기를까 싶다.

영서	(비꼬며) 그래, 키도 큰 게 더 크게 비겠다.
은희	네, 맞는데예.
	부동산이요? 아니요, 별말씀 없으시던데.
영현	선물로 받았다, 쪼꼬렛도.
은희	네, 알겠습니다. (전화를 끊으며) 여보, 어머니가 이 집 내놓으셨나 본데?
달리	할머니 집?
영서	엄마가? (영현에게) 니 알았나.
영현	아니.
은희	무슨 말 안 하시드나?
영서	아니, 아무 말씀 없었는데.
	아버지는?
은희	여쭤봐야겠다.

은희, 작은방 앞으로 가 문손잡이를 돌려보지만 잠겨 있다.

은희	잠겨 있는데. (조심스럽게 문을 두드리지만 반응이 없자) 주무시는가?
영서	무슨 일이고.
영현	여기도 재개발하나? 그런 말 못 들었는데.
영서	살던 데 사는 게 낫지. 요즘 엄마 몸도 안 좋은데.
달리	엄마, 이 집 파는 거가?
은희	아직 모른다. 아버님이 이사하는 거 싫어하실 텐데.

달리　엄마, 그럼……

영현　형아 집으로 가려는 건 아니고?

은희　무슨 소리고! 방이 어딨다고.

영서　설마 그렇겠나.

달리　엄마, 그럼 우리

은희　(괜한 불안감에) 여보. 혹시……

영서　응?

무대가 조금 어두워지며 모두 말이 없어진 채 그대로 서 있다.

달리, 멈춰 있는 등장인물들 사이를 배회하다가 천천히 무대 앞쪽으로 나온다.

다른 등장인물들은 퇴장한다.

무대가 다시 서서히 밝아진다. 오후 2시경이다.

달리, 한 손을 들어 허공에 대고 손가락으로 무언가를 가리키더니 손가락을 살짝 움직인다.

미라가 복도에 등장한다.

미라　야, 뭐하노.

달리　쓰다듬어준다. 그 사람이 사촌 동생 업어줬거든.

미라　야, 내 네일 했다.

달리　(무관심하게) 어, 이쁘네.

미라　청승 떨기는. 이거 모양 봐봐.

달리　쌤한테 안 걸리나.

미라　안 걸리지롱.

달리　야, 여기서 보면 그 집 마당 다 보인다.

미라　이사 간 후로 만난 적 있나?

달리　(고개 저으며) 명절 때마다 여기서.

미라　니가 좋아하는 거 아나.

달리　모를 걸.

미라　고백해보지. 이사갈 때 왜 안 했노.

달리　고백하면 뭐하노.

미라　뭐하기는. 사귀는 거지.

달리　사귀면 뭐하는데.

미라　연애.

달리　결혼밖에 더 하나.

미라　야, 결혼하면 좋지.

달리　결혼이 애 장난이가.

달리, 아래를 보다가 다시 손을 들어 허공에 엄지, 검지로 무
언가를 집어 올리는 행동을 한다.

달리　(손가락을 움직이며) 그 사람 누나가 빨래 널고
　　　　있다. 저기 하얀 도복…… 태권도 하거든. 나도 같
　　　　이 다녔었는데, 그땐 하루하루가 설렜디.

미라　밑에 가 같이 널어라.

달리　이제 할머니 집 없어지면 어떡하노.

미라　찾아가봐라. 집 안다이가.

달리	작년 추석 때 가봤는데……
미라	진짜? 만났나.
달리	그 앞에 서 있다가 스쳤다.
	내 기억 못 하드라.
미라	야. 그건 니가 이제 안경도 안 쓰니까.
달리	고백했으면 기억은 해줬겠제?
미라	그래! 스쳤을 때 말이라도 한번 걸어보지.
달리	너무 놀래서.
	근데 이젠 보지도 못한다.
미라	할머니 집 없으면 우리 집 있다이가. 우리 집 온나.
달리	여기가 딱인데.
	내 초콜릿 가져왔다.
미라	왜? 줄라고?
달리	…….
미라	내가 같이 가줄까?
달리	모르겠다.
미라	왜.
	야, 겁내지 마라. 맘 전하는 게 나쁜 일도 아니 고.
달리	그냥.
	그럴 필요가 있나 싶어서.
미라	니는 쓸데없이 생각이 너무 많다.
	야야, 내 요즘 책 읽는다? 니 다자이 오사무라고

아나?

달리 아니. 왜, 재밌나.

미라 몰라. 내 아는 언니가 요즘 우울하단다. 근데 그게 뭔지 모르겠어서 이해해볼라고.

달리 ……

그걸 모르나?

미라 응.

달리 그 작가 책 읽으면 우울해지나?

미라 이 작가가 완전 우울하단다. 그래서.

달리 (미라를 보고) 참 신기하다…….

은희 (복도로 나오며) 달리 뭐하노, 어! 미라네.

미라 안녕하세요.

은희 춥다, 들어오지. (옆집 문 앞에 놓인 묘목을 보고) 아휴, 옆집 아저씨는 왜 이런 걸 여기 내놨노. 다 같이 쓰는 복도에.

달리 여기서 얘기할 거다. 엄마 들어가라.

은희 와. 엄마는 들으면 안 되나? 무슨 얘긴데.

달리 별 얘기 아니거든. 엄마 들어가라고.

은희 느그 아빠랑 니는 엄마한테 숨기는 게 많드라.

미라 달리가요. 할머니 집 이사갈까 봐 섭섭하대요.

은희 뭐가 섭섭노. 할머니야 뭐 멀리 가겠나.

달리 여기 못 오잖아.

은희 여가 그래 좋나.

달리 어.

은희 여 후진 동네가 뭐 좋다고 그라노. (미라가 여기 사는 게 기억나 아차 싶어) 미라는 아직도 공부 잘하제. 반에서 몇 등 하노?

미라 많이 떨어졌어요.

은희 그래도, 10등 안엔 들제.

미라 네.

은희 ……

그게 어디고! 야는 이사 간 후로 계속 떨어진다. 요즘은 나머지수업도 받는다이가. 지 공부 때문에 다시 여기로 왔드만. 그래, 미라는 어느 대학 갈 끼고?

미라 모르겠어요. 점수 맞춰서 가려고 하는데.

은희 그래도 여서 다닐 거제?

미라 네.

은희 달리는 딴 데로 간단다!

미라 다른 지방요?

은희 그래. 누구 등골을 빼먹을라고 이라는지 모르겠다.

미라 야, 니 어디 가게.

달리 몰라. 아무 데나.

은희 지가 집 나가서 고생을 해봐야 알지. 그때서야 어머니가 감사하구나 생각할 끼다.

이때, 옆집 할아버지가 등장한다.

은희   어, 어르신. 오랜만입니더.

옆집   예…… 오셨습니꺼…….

은희   어디 가십니꺼?

옆집   예…… 저…… 기

노인정에.

은희   아. 아들 내외는 아직 안 오셨어예?

옆집   예…….

은희   저희 막내 삼촌도 먼 데서 오기 힘든가 안 온다

네예.

옆집   먼 데 살면…… 아무래도……

힘들지요.

은희   예. 추운데 조심히 다녀오이소.

옆집   예…… 예.

달리   안녕히 가세요.

미라   안녕히 가세요.

옆집 할아버지 퇴장한다.

은희   사람 참 점잖다. 이번엔 아들이 안 오는가?

달리   할머니는 안 보이시네?

은희   그러게. 할머니 못 뵌 지 좀 됐네.

물어볼 걸 그랬다. 금실 참 좋은데.

미라   이따 전화해리. 내 가봐야겠다.

달리	응.
은희	벌써로 가나. 밥 먹고 가라, 미라야.
미라	아니에요. 숙제해야 돼서.
은희	맞나. 그래 다음에 또 보재이.
달리	가리.
미라	안녕히 계세요.

미라, 퇴장한다.

은희	(홱 돌아서며) 야, 니는 친구 앞에서 말버릇이 그게 뭐꼬? 엄마를 어떻게 생각하겠노.
달리	보충 수업 얘기 왜 하는데!
은희	왜! 니 나머지수업받잖아. (달리가 말하려는데 돌아서며) 춥다. 들어온나!

은희, 집으로 들어간다.
달리, 은희가 들어간 곳을 노려보다 따라 들어간다.
달리, 작은방 앞에 서서 머뭇거리며 들어가려 하자

은희	뭐하노!
달리	문이 안 열린다.
은희	말라 가노. 들어가지 말라니까!
달리	하루 종일 뭐하시나 싶어서.
은희	궁금한 것도 많다. 공부를 그래 해라. 앞으론 발도

붙이지 마라.

달리 왜?

은희 할아버지가 싫어한다 아이가. 에휴, 그렇다고 애를 내쫓나. 기분 나빠서 진짜.

달리 그럴 수도 있지 뭐.

은희 저 나이 먹어서 안주 저러니까.

달리 젊었을 때도 그랬나?

은희 힘없어서 이 정도지. 얼마나 심했다고.

달리 어땠는데? 나가서 사셨다고 했잖아.

은희 가끔 들어오셨다대.

　　　아, 아빠 어렸을 때 호박죽을 좋아해가지고 할머니한테 해달라고 졸랐단다. 근데 갑자기 할아버지가 밤에 들어오신 거라. 밥상 차려라 하니까 왜, 예전에는 큰 아궁이에다가 한꺼번에 밥을 지었다이가. 그래서 죽 하느라고 밥이 없었제. 할머니가 호박죽을 내왔드만 '왜 밥을 안 내오노!' 그래가지고, '영서가 호박죽이 먹고 싶대서 했습니다' 하니까 그걸 확 엎어뿌고 아빠를 주 깨배더란다. 아빠가 일어나니까 니 좋아하는 죽 다 처먹어라! 하면서 아궁이에 있던 죽을 아빠 입에 다 퍼 넣고……

달리 와.

은희 아빠 어렸을 땐 엄청 맞았단다. 근데 하필이면 사춘기 때 할아버지가 집을 나간 거라. 그때 안 나갔으면 자식들이 무서워서라도 공부도

잘하고 안 했겠나. 할아버지 없어서 양아치 된
기라. 도움도 안 되제.

달리　근데 보통 할아버지들은 손녀 귀엽다 하고 어쩔 줄
모른다던데. 참 특이하다.

은희　자식도 안 귀여운데 손주가 귀엽겠나. 니는 부모
잘 만나서 고마운 줄 알아라.

달리　고맙기는. 지나쳐서 문제다.

은희　뭐라?

달리　이건 뭐꼬.

은희　삼촌이 가져온 거다. 지 애인이 췄단다.

달리　그 여자 빵집 하나?

은희　흥, 그 여자 남편이 빵집 한다.

달리　그런 스타일 좋아하는 여자도 있는 갑네.

은희　세상엔 참 별 것들이 다 있으니. 그걸 보고 너네
할머니는 또 지 새끼 장하다고.

달리　할머니가?

은희　그래. 맨날 지 새끼만 장하고 대견하고. 여기 판검
사, 공무원 나왔으면 난리 났을 끼다. 이 집안 식구
들 참 능청맞제. 하는 짓 보면 음흉하디.

달리　엄마, 발 시리다.

은희　안 춥구만. 이불 들어가 있어라 뭐. 으이구, 느그 애
비는 당구 치러 가서 왜 이렇게 안 오노?

달리, 누워서 TV를 켠다.

은희는 부엌에 가서 식사 준비를 한다.
곧 영서가 복도로 등장해서 집으로 들어온다.

영서　　뭐하노.

은희　　어, 여뿌야! 밥 차리고 있었다. 삼촌은?

영서　　잠시 누구 만나러 갔다.

영서, 윗옷을 배 위로 올려 자신의 배를 거울로 본다.
은희, 상을 꺼내어 식사를 준비하기 시작한다.

달리　　또 시작이네.

영서　　가시나야, 이 나이에 복근 있기가 쉬운 줄 아나?

달리　　그 나이에 그렇게 자랑하는 게 더 어렵다.

영서　　이것 봐라. 꼭 즈그 엄마 닮아서 말대꾸 꼬박 꼬박
　　　　　하고.

은희　　여보, 나 요즘 당신한테 말대꾸 안 하는데?

달리　　말도 하기 싫어서.

은희　　정답이다. 근데 당신, 어머니가 집 내놓은 거 알고
　　　　　있었제?

영서　　아니, 몰랐어. 아버지 일어나셨나?

달리　　엄마, 우리가 이 집에서 살면 안 되나?

은희　　뭐라노.

달리　　여기서 살면 안 되냐고. 우리가 할머니한테 집
　　　　　사자!

은희	여가 돈이 되는 줄 아나.
	혹시 우리 집에 들어오려고 하시는 거 아니제?
영서	어머니 성격에 뭘 그렇겠노.
은희	만약에 들어온다고 하면 당신 어쩔 낀데?
영서	에이, 안 그렇다니까.
은희	그러면 말라고 집을 파노? 어디 가시려고.
영서	모르지.
은희	당신 땅은 어떻게 할 낀데?
영서	무슨 땅?
은희	시골에 땅 있는 거.
영서	그건 왜.
은희	아버지도 편찮으시고 하니까. 이제 당신이나 삼촌 밑으로 해놔야 되지 않나? 당신이 받는다 해리.
영서	됐다, 마.
은희	당신이 장남이다이가!
영서	그거 받아서 뭐하노. 돈도 안 된다.
은희	지금은 안 돼도 나중 일은 모른다. 달리가 물려받아야지.
영서	달리가 그걸 왜 갖노. 달리는 시집가면 다른 집안인데.
은희	뭐라노. 우리가 물려줄 것도 없는데!
영서	지 알아서 살면 되지 뭐.
은희	말도 안 되는 소리 하지 말고 남은 건 무조건 당신 앞으로 해리. 삼촌은 벌써 지 명의로 해놓은 것도

있드만! 매 당하지 좀 말고!

영서   아 시끄럽다.

은희   말 들으이소. 알겠제? 이번에 아버님한테 도장 찍어달라 하고 땅문서 정리해리. 어머니가 괜히 이사하려고 하시겠나. 뭔가 이유가 있는 것 같다. (영서가 무슨 말을 더 하려고 하자) 밥 먹자.

은희가 마지막으로 상에 찌개를 얹자 모두 상 앞에 앉는다.

은희   (눈 밑에 손을 대며) 이제 봄 되면 해야겠다.

영서   뭐?

달리   쌍꺼풀은 절대 하지 마리.

은희   왜.

달리   실패한 아줌마들 못 봐주겠드라. 안 해도 되겠구만.

영서   그래. 쓸데없이 말라 하노.

은희   (눈 밑을 만지면서) 그럼 여기만 해야겠다. 불룩 튀어나와서 안 되겠다.

달리   괜찮다니까.

영서   숟가락으로 파줄까.

은희   허.

달리   표독스런 표정만 안 지으면 안 튀어나온다.

은희   뭐라꼬?

달리   지금도 이쁘다고.

은희 스포츠센터 오는 여자들 다 했다. 얼마나 젊게 빈다고.

달리 자연스럽게 늙어가는 게 제일 이쁘다.

은희 니나 자연스럽게 처늙어가라.

달리 어, 어 그 표정. 딱 그 표정……

은희 밥 무라.

달리 엄마, 진짜 우리 여기서 살면 안 되나?

은희 그만 안 하나.

달리 이때까지 엄마, 아빠가 원하는 대로 이사 다녔잖아.

영서 그럼 니가 우리 가는 데로 가야지 우짤 낀데.

은희 그래. 니가 선택권이 어뎄노.

달리 왜 내가 하자는 대로 하면 안 되는데.

은희 시끄롭다. 밥이나 먹어라, 숟가락으로 맞기 전에.

달리 맨날 그런 식으로 말 좀 하지 마라.

은희 니나 이런 식으로 하지 마라. 다시 이사 한 것도 니 공부 때문에 한 거 아이가.

달리 엄마가 시골 못 견뎌서 한 거잖아. 내 탓 하지 마라!

은희 안 닥치나. 이년이 맞고 싶어서.

달리 때려라! 맨날 맞아서 겁도 안 난다!

은희　뭐라? 이 년이!

영서　둘 다 밥상머리 앉아서 뭐하노!

태준, 방문을 열고 천천히 걸어 나온다.

은희　아버님 일어나셨어예?

태준　어으으으어(어).

은희　밥 먹고 있었는데 차려 드릴까예?

태준　어어어으으 으으(어어).

은희, 부엌으로 퇴장한다.

영서　참, 집은 왜 내놓으셨습니꺼?

　　　　아버지. 집은 왜 팔라고예?

태준　지비비비 으으으 와(집은 와)?

영서　어머니가 집 팔라고 내놨던데. 몰랐습니꺼?

태준　지비브브 내내내나나나나인나거어(집 내놨다고)?

영서　부동산에서 전화 왔던데예.

은희　(부엌에서 작은 상을 들고 등장하며) 아버님은 모
　　　　르셨습니꺼? 어머니가 말씀 안 하셨네예?

태준　어어어으으이노노(어디 있노)?

은희　절에 가셨습니다. 곧 돌아오실 낀데…….

태준, 폭발 일보 직전이다.

동시에 달리, 슬금슬금 작은방으로 가 수납장에 숨겨놓은 초콜릿 상자를 꺼내어 옷 안에 다시 집어넣는다.

등장인물들 모두 그대로 멈춘 상태로 무대 조금 어두워진다.

달리, 태준의 방에 있는 서랍장에서 책 한 권을 꺼낸다.

다자이 오사무 『인간실격』.

달리, 책을 읽으며 멈춰 있는 등장인물들 사이를 배회한다.

영서와 달리를 제외한 등장인물들은 퇴장한다.

영서는 무대 앞쪽으로 나와 복도에서 담배를 피운다.

무대 다시 밝아진다. 오후 5시경이다.

달리, 『인간실격』 책을 손에 든 채로 집에서 복도로 나온다.

영서   춥다. 왜 나오노.

달리   (책을 난간으로 올려 펼치며) 이거 읽다가 지루해서.

영서   니가 웬일로 책을 다 읽노.

달리   그냥. 할아버지 방에 있던 책인데, 요즘 친구가 읽는대서.

영서   여 친구 많은데 놀러나 갔다 온나.

달리   이제 연락하는 애 한 명밖에 없다.

영서   누구.

달리   미라라고. 여기 옆 동 사는 애, 알제?

영서   아, 미라.

         너희 엄만 뭐하고 있노.

달리   목욕 가면 늦는다이가. 여 아줌마들도 오랜만에
       만났을 걸.

영서의 입에서 담배 연기가 뿜어져 나온다.
달리, 담배 연기가 날아가는 모양을 물끄러미 보다가 허공
에 손을 올린다.
검지로 허공의 무언가를 가리킨다. 손가락을 위로 추켜올린
다.

영서   뭐하노.
달리   저기, 할머니가 무거운 거 들고 가셔서.
영서   근데.
달리   (손가락으로 따라가며) 같이 들어주려고.

       아빠.
영서   와.
달리   아빠는 할아버지하고 얘기 안 하제.
영서   뭐 할 얘기가 있나.
달리   그래도. 아빠잖아.
영서   나는 어렸을 때 아빠 없이 컸다.
달리   할아버지 미워하나?
영서   이제는 뭐…….
달리   어렸을 때는?

영서   그땐 싫었지. 미워하기보단 내가 자식 낳으면 저렇
         게는 안 한다 생각하고.

달리   어땠는데?

영서   괴팍하고 가족 못살게 굴고. 지금도 안 그렇나.

달리, 영서 얼굴을 빤히 본다.

영서   왜.

달리   (영서의 눈을 피하며) 그냥.
         아빠 얼굴은 너무 빨갛다.

영서   햇볕을 많이 받으니까 그렇지.

달리   발전소 일은 위험하지 않나?

영서   어쩌겠노. 먹고살아야지.

달리   그거 쌓이면 몸이 조금씩 망가진다매.

영서   그건 원자력. 피폭되면.

달리   죽나?

영서   죽기도 하고 병들거나. 여자들은 기형아 낳을 수
         도 있지.

달리   그럼 일본 사람들은 어떻게 사노?

영서   젊은 사람들이 문제지 뭐. 나이 든 사람들이야 괜
         찮은데.

달리   왜?

영서   나이 든 사람들이야 살 날이 얼마 안 남았으니까
         그렇게 살아가지만. 젊은 사람들은 앞길이 창창하

니까.

달리　여가 그랬으면 내를 멀리 보냈겠네?

영서　그랬겠지.

달리　그러면 멀리 갈 수 있네……

영서　뭐가.

달리　아니.

　　　그런 건 눈에 안 보이잖아. 무섭다고.

영서　원래 안 보이는 게 더 무섭다.

은희, 씻고 온 듯 말끔하게 등장한다.
손에 목욕 도구를 들고 있다.

은희　어, 나와 있네?

영서　와 이리 늦게 오노.

은희　목욕탕에서 아는 여자 만나서.

　　　어머님은?

영서　안 오셨다.

은희　아버님은?

영서　아버지도.

은희, 영서, 달리 집 안으로 들어간다.

은희　화 많이 나신 것 같던데. 상의도 안 하시고.

영서　아버지랑 말이 통하나 뭐.

은희   그래도 상의는 해야지, 가족인데. 하여튼 당신 식
         구들은 똑같다.

영서   면도나 해야겠다.

영서, 화장실로 들어간다.

은희   그러이소. 달리, 니 나간다드만.
         (달리가 대답이 없자) 어?

달리   지금 나갈 거다. 미라가 전화를 안 받아서.

은희   어디 가는데.

달리   몰라도 된다.

은희, 바닥에 영서가 두고 간 핸드폰이 울리자 발신자를 보
고 전화를 받는다.

은희   여보세요.

         네, 영서 씨 핸드폰 맞는데…… 누구신데요?

은희, 상대방이 급작스럽게 전화를 끊자 황당하다.
은희가 핸드폰을 들고 서 있자

달리   누군데?

은희   몰라. 여자던데.

달리 갔다 올게.

은희 일찍 들어온나.

달리 아, 알아서 할 거다.

달리, 복도로 나간다.

은희, 뭔가 의구심이 드는지 영서의 핸드폰 메시지를 읽는다.

서서히 표정이 어두워진다.

그때 현경이 복도로 등장한다.

현경 형님, 목욕 갔다 오셨어예? 달리 방금 나가대예.

은희 어?

　　　　어…….

현경 아버님 뭐라고 하시대예?

은희 아. 모르고 계셨드라. 지금 화 엄청 나셨다.

현경 어머.

은희 이제 어머니 들어오시면 난리 날 낀데.

현경 그러게예. 그래도, 미리 생각하신 게 있겠지예?

은희 그렇겠제. 일단 좀 모여야 상황을 알 수 있지 않
　　　　겠나.

현경 둘째 아주버님은 밑에서 주차하고 있어예.

은희 그래. 아휴, 머리가 띵하다.

현경 왜 그러십니꺼?

이때 복도에 순자와 영현이 등장해 집으로 들어온다.

영서   (화장실에서 나오며) 어, 오셨는교. 어째 같이 들
　　　어오노?

순자   밑에서 만났다.

은희   어머니, 왜 이렇게 늦게 오십니꺼. 계속 기다렸다
　　　아입니꺼.

순자   와.

영서   엄마 집 내놨대?

순자   집 보러 왔드나?

영서   오늘은 못 오게 했습니다.
　　　집은 왜예.

순자   뭐…… 여서 살만큼 살았고…….

영서   여 사는 게 불편합니꺼. 딴 데 가시게?

순자   아이다. 여 사는 건 좋지.

은희   아버님이랑 상의는 하셨어야지예. 화나서 나가셨
　　　어예.

순자   내 정신 좀 봐라. 그걸 깜빡했네.

현경   잊어버리셨어예?

은희   어머니는 그걸 잊어버립니꺼. 아버님 성질이 보통
　　　인교！들어오시면 말씀 잘 하셔야 할 낀데. 근데
　　　어디로 가시게예? 요즘 집값도 많이 올랐는데……
　　　이거 팔아서 어디 갈 데 있습니꺼?

순자   집은 됐고…….

은희   그럼예?

모두 의아하고 불안한 사이, 태준이 복도에 등장해 집으로
들어온다.

태준을 보자 모두가 긴장한다.

태준은 가족들을 지나쳐 큰방으로 들어가 앉는다.

순자와 가족들 모두 뒤따라 들어간다.

태준　　어어러어어더떠이이 지지지어리으으(어떻게 이
　　　　　집을)!

순자　　아, 내 깜빡했소. 말한다는 거이.

태준　　어어러 와이이 내내이이 마마르(왜 낸테 말을).

순자　　이 집 내놓은 거 들었제?

태준　　이이이기 니니느느 지지지이이가아아(이기 니 집
　　　　　이가)?

순자　　(잠시 후 알아 들은 듯) 그럼 당신 집인교?

태준　　니니니라 가가이 사사느는 이이지지(니랑 같이 사
　　　　　는 기지)!

순자　　뭐가. 뭐를 내랑 같이 살았다 그러는교. 이제 인연
　　　　　이 다 됐으니 내 원망은 마이소.
　　　　　영서야.

영서　　예.

순자　　이제 제사 니가 가가라.

은희　　어머니.

영서　　알겠습니다.

은희	어머니, 갑자기 이러는 게 어딨습니꺼?
순자	와. 갑작스럽나.
은희	당연하지예!
영서	조용히 해라. 우리가 들고 가야지, 장남인데.
은희	뭐가 이럴 때만 장남이고? 아니, 내가 안 들고 간다나. 그런 게 아이라……
	어머니, 상식적으로 이건 아입니다. 상의를 한 후에, 저희 형편 되면 가지고 가는 거지예.
영현	엄마도 생각이 있겠지예.
은희	여기 어머니 생각만 있습니꺼!
순자	갑작스럽긴 해도 언젠가는 영서가 받는 거 아이가. 착하게 마음 먹어라.
은희	뭐라고예?
순자	그리고 아버지는 요양원에 모시라.

순자의 말에 모두 놀란다.

순자	거기도 살다보면 괜찮을 거요.
은희	어머니…… 아버님 안 그래도 편찮으신데 요양원 가시게 하면 우짭니꺼. 얼마나 더 사신다고예.
순자	이제 나도 기력 다 떨어져서 영감 돌보는 거 몬 하겠다.
은희	어머니 이건……
	이건 너무 어머니만 생각하는 거 아닙니꺼? 어머

니, 어머니가 아버님 모시는 거 힘들다고 이러면 안 되지예. 부부가 왜 부붑니꺼.

영서 근처에 괜찮은 데 있습니꺼?

은희 당신은 그게 말이가!

영현 하긴 요즘은 요양원도 괜찮다 하대예. 좋은 데는 병원 시설도 다 돼 있고. 오히려 노인네들은 집보다 나을 끼라.

순자 그래, 너희가 자주 찾아가면 된다.

태준 (고개를 저으며) 어어어…… 이이……

은희 어떻게 자식들이 그렇게 쉽게 보내노. 이건 진짜 아이다, 여보!

영서 당신이 상관할 일 아이다. 엄만 어디 계실라고예.

은희 뭐가 아니고! 아버님은 안 가고 싶어 하시는데!

태준 너어어이이이이……!

영서 (태준에게) 엄마 이제 나이 드셨고, 아버지가 요양원 가시는 게 편하지 않겠습니꺼.

은희 아니, 부부가 같이 살다가 죽는 거지. 이 무슨……

영서 어머니는 할 만큼 했다.

은희 할 만큼? 할 만큼이 뭔데?

영현 아 그건, 형수가 잘 몰라서 하는 소리요.

태준, 도망치듯 일어나 절뚝거리며 집에서 나온다.
달리, 복도로 등장해 힘없이 걸어오다가 태준과 마주친다.
달리, 현관으로 들어가려다 말소리에 멈춰 선다.

은희 내가 그래도 이 집에 있을 만큼 있었다. 뭘 모르요? 지긋지긋할 만큼 안다. 삼촌도 이러는 거 아이다. 삼촌이나 당신이나 아버지랑 다른 게 뭔데? 내보기엔 똑같다!

영서 뭐라하노.

은희 당신도 늙어서 자식이 버렸으면 좋겠나?

영현 형수. 말 좀 함부로 하지 마이소. 버리긴 누가 버리노!

영서 그래, 말조심해라. 어머니도 계신데.

은희 그럼 두 사람은. 두 사람은 아버님 앞에서 요양원이 좋다고 하드만. 당신 늙어서 자식이 그러면 어떨 것 같노. 그래도 아버지다.

영현 형수 말하는 게 좀 심하다 아이요.

은희 심해? 나는 지금 상황을 말로 옮겼을 뿐이지. 내가 뭐가 심하노?

순자 자식 도리가 정해져 있겠나. 너희가 아버지 요양비 대주고, 자주 찾아가고 하면 괜찮다.

은희 (기가 막혀서) 어머니. 맨날 착하게 살아라. 착하게 살아라 하시는데 도대체 착하게 사는 게 뭡니꺼? 지금 어머니가 하시는 건 착한 겁니꺼!

영현 형수 뭐라 합니꺼!

은희 왜. 내가 틀린 말 했소? 당신들이 아버지랑 다른 게 뭐꼬. 둘이야말로 부인 눈 속여가면서 바람이

나 피고 다니고. 당신이 안 한 게 있나? 당신이 내 고생 안 시킨 게 있나? 니가 지금 이렇게 하면 나중에 달리가 커서 어떻게 하겠노? 지금도 다른 데로 대학 가려고 난리다. 나중에 우리도 요양원 보낸다 카면 어쩔 낀데.

영서 그건 니한테 질리가 그런 거 아이가.

은희 뭐? 니가 바람폈지 내가 바람폈나!

영서 (은희 손을 끌고 나가려고 하며) 엄마 앞에서 뭐 하노!

은희 봐라!
어머니, 어머니 아들 아직도 바람 피고 돌아다닙니더. 자식 하나 잘 키웠어예. 그런데 저보고 착하게 살아라. 돌아온다. 이게 말이나 되는 소립니꺼?

영서 말 같지도 않은 소리 한다. 여 나온나!

은희 (영서에게 핸드폰을 던지다시피 하며) 니 핸드폰 봐봐라! 니는 내를 더 얼마나 비참하게 만들어야 속이 시원하노? 진짜 해도 너무한다.

영서 내가 뭐 어쨌는데.

은희 뭐. 어쨌는데? 니 안 한 게 도대체 뭔데.

영현 거 자세히 알아보지도 않고 몰아붙이지 좀 마소.

은희 (영현과 영서를 보며) 형, 아우끼리 감춰주고 참 보기 좋소.

현경 (은희 말리며) 형님…….

영현 형수, 나는 형수가 말 함부로 해서 이혼했다이가.

은희   뭐라카노.

영현   형수가, 형수가 우리 바람 피는 거 같다고 내 처한 테 말해서 이렇게 된 거 아이가. 형수만 가만 있었 어도 이렇게는 안 됐다. 그러니까 형수 좀 나서지 말고 말 좀 조심하소!

은희   허. 뭐? 그게 내 때문이가?

영현   항상 뭐가 그리 아니꼽소. 부모 없이 자라서 그런교.

영서   영현아!

은희   뭐라?

영현   형도 참 숨 막히겠다!

은희   안 닥치나! 이 쪼맨한 게 보자 보자 하니까. 야. 그 래, 니는 부모 다 있어도 이렇게 사나? 니가 이혼한 게 내 잘못이가? 니 처가 내한테 전화 와서 의심하 길래, '내 남편은 바람피고 있다. 니 남편은 잘 모 르겠다' 한 것밖에 없어. 니 처가 알아낸 거지! 이 게 어디서 뺨 맞고 내한테 화풀이고? 그게 니 잘못 이지 내 잘못이가? 니나 행실 똑바로 해! 지 가정 도 못 지키는 게.

영현   뭐라고? 하. 형수 때문에 형제 우애 나빠지겠다.

은희   우애? 달리 아빠한테 기술 배워가, 사람 다 빼가 더 좋은 데로 안 갔나? 그거 때문에 형이 얼마나 고생했노. 우애?

영서   그만해라!

은희   뭘 그만해! 그러고 나서 삼촌이 우리한테 해준 거 있나?

영현 뭐 그렇게 욕심이 많노. 그럼 내가 형 밑에 계속 빌붙어 있어야 됩니꺼!

은희 욕심? 삼촌, 여우같이 재산 야금야금 다 빼갔다 이가. 위에가 바보니까 니가 다 챙깄잖아. 땅문서만 해도 그렇다. 삼촌이 지금 얼마나 가져갔노? 삼촌 아들 낳았다고 내 앞에서 그렇게 니 처량 으시 댔는데. 아들 가진 게 제사는 왜 안 가져가는데?

영서 둘 다 그만해라!

영현 뭐, 여우? 진짜 기막힌다. 형수가 이 집 와서 한 게 뭐가 있는데? 어머니나 아버지한테 뭐 해줬는데? 형한테는? 아들이나 낳아줬나?

은희 아들? 야. 그 잘난 아들들이 이렇게 하나?
그래. 니 말대로 나는 고아고 아들도 아니라서 부모한테 해준 건 없다. 그래도 나는 부모님 계셨으면 니같이는 안 한다. (고개 저으며) 너희같이는 안 한다! 나는, 내 부모가 있었으면 옆에 꼭 달라붙어서 오래오래 내 옆에 사이소, 말했을 끼다.
있기만 했으면…….

영서 둘 다 이제 그만해라.

영서, 영현을 끌고 복도로 나온다.
달리, 영서와 눈이 마주친다.
사이.

영서와 영현은 복도 밖으로 퇴장한다.

현경　(우는 은희를 토닥여주며 위로한다) 형님······.

(망설이다가 순자에게) 어머니, 저도 영무 씨한테 아버님 얘기 많이 들어서 이해는 됩니더. 영무 씨도 어머님 원하는 대로 할라고 했을지도 몰라예.

저는 호진이 키우는 게 힘들긴 해도 애가 옆에 없는 건 생각할 수도 없어예. 다들 힘들제, 힘들제 하는데 힘들지예. 근데 호진이가 '엄마' 하는 말을 처음 했을 때 그 기쁨이 남들보다 두 배는 컸을 거라예. 하루 종일 힘들어도 그 짧은 기쁨에 보낼 수 없는 거지예. 부모한테 자식은 그런 거겠지예? 밉고 아픈 자식도 내 자식인 거지예.

그런데, 밉고 아픈 부모를 보내는 건······

무대 조금 어두워지자 무대 위의 등장인물들 정지한 채로 서 있다.
달리, 집으로 들어가 영현이 준 침낭을 가지고 복도로 나온다.
태준을 지나쳐 퇴장하려다 멈춰 선다.

달리　할아버지, 저녁 드셨어요?

저녁 챙겨 드세요.

달리, 복도 밖으로 퇴장하려 하자 태준이 달리에게 말을 건
다.

태준   어어이디 가아아노(어디 가노).
달리   저기 밑에…… 캠핑 가려구요.

여기서 아는 사람 집이 잘 보여요. 초등학교 때 알
던 오빠요.
가끔 여기 오면 그 오빠 누나가 마당에 빨래 너는
것도 보고, 그 오빠가 사촌 동생들하고 놀아주는
것도 보고. 그러다가 (손바닥으로 쓰다듬듯) 내가
이렇게 만져주기도 해요. 잘 한다고…… 그 오빠는
잘 웃어요.
전학 간 학교에서, 어떤 애가 나한테 어떤 사람 좋
아하는지 묻는 거예요. 내가 저 오빠를 떠올려보
니까 잘 웃는 것밖에는 기억이 안 나서 '잘 웃는
사람 좋아한다' 그랬더니 걔가 그러는 거예요. '달
리 니는, 니랑 다른 사람을 좋아하네?'

나는 내가 잘 안 웃는지 몰랐거든요. 원래 되게 잘

웃었으니까. '아, 내가 잘 안 웃나?' 했더니, 개가 내를 이렇게 보면서
'달리야. 니는 아예 안 웃잖아.'

할아버지 방에 있는 책 있잖아요. 요즘 제 친구가 읽는대요. 개는 우울한 게 뭔지 모른대요. (얼굴을 쓰다듬으며) 나는
아무리 노력해봐도
벗겨지지가 않아요.

달리, 무대 밖으로 나가 퇴장한다.
비 내리는 소리가 들린다.
무대 다시 밝아지면 자정이 넘어가는 시각, 달리를 제외한 가족들 모두 집 안에 있다.
은희, 안절부절못하며 서 있다.

은희   나쁜 일 생긴 거 아니가. 지금 내가 이럴 때가 아이다.

영현   요즘 애들 다 늦게 다니고 그러는데, 별일이야 있겠습니꺼.

은희   그건 삼촌 자식 이야기고, 내 새끼는 안 그렇다!

영서   (은희 나가려 하자) 좀 기다려봐라. 아직 자정도 안 됐다.

은희   뭘 기다리노! 애한테 무슨 일 생기면 우짤 낀데.

영서   좀 진정하고 앉아라.

은희   자식 그렇게 놔두지 마소. 나중에 무슨 원망 들으려고 그러노.

영현   형수요, 달리도 그렇게 좋아보이진 않대예.

순자   시끄럽다! 아가 없어졌는데 이럴 때가. 우짜든동 찾을라고 애를 써야지.

현경   (급하게 들어오며) 주변에는 없어예.

순자   그럼 나는 경찰서에 가봐야겠다. (울먹거리는 은희 손을 잡고) 니도 가자.

은희   어머니, 겁이 나 죽겠습니더.

순자   괜찮다. 아무 일 없을 끼다.

영서   그럼 우리도 나가보자.

가족들 모두 복도로 나가 퇴장한 뒤 시간이 경과된다.

태준, 작은방에서 복도로 나와 밑을 내려다보고는 무대 밖으로 퇴장한다.

사이. 옆집 할아버지가 자다 깨었는지 복도로 나온다.

기지개를 켜다 밑을 내려다보고는 다시 집으로 들어간다.

시간이 흐른 뒤 아침 해 뜰 무렵이다.

은희, 순자, 현경이 집으로 들어온다.

은희   좀 주무이소.

순자   그래. 괜찮을 끼다. 걱정 말고.

현경   (방문이 열려 있는 걸 보고) 어? 아버님?

순자   왜.

현경   안 계신데에.

순자   없나?

현경   네.

순자   이 양반은 어디 갔노. 갈 데가 어딨다꼬.

영현, 미라와 함께 등장해 집으로 들어온다.

미라   아직 소식 없어요?

은희   미라야. 야가 어디 갔을꼬. 큰일이라도 생긴 거 아니가.

미라   아니에요. 너무 걱정 마세요.

순자   영현아, 너희 아버지도 안 빈다. 이 양반은 또 어딜 갔노.

영현   아버지가?

순자   이 무슨 일이고, 명절에…….

옆집 할아버지가 복도로 나온다.
태준과 순자의 집 안이 시끌벅적하자 들여다보곤 말을 건다.

옆집   무슨 일 있습니꺼?

영현   조카랑 아버지가 어딜 갔는지 안 보여서예. 혹시

보셨어예?

옆집 이 집 영감님은…… 아래로 쭉 가는 거 봤습니
다…… 조카는…… 못 봤어예.

순자 언제 내려가던교?

옆집 한 세 시간 전인가…… 잠이 안 와서 나왔다가…….

은희 야는 어디 갔을꼬. (영서에게) 이래서 내가 빨리 찾
아보자고 안 했나!

미라, 복도로 나와 밑을 내려다본다.

미라 어, 저기…… 저기요. 저기 좀 보세요!

순자 와?

미라 저기요. 저기. 달리 같은데!

은희 뭐? 달리?

영현 달리라고?

어, 비가 눈으로 바뀌어뿐네.

은희 뭐라카노!

순자 가가 어디 있단 말이고.

미라가 손을 가리키는 곳에 모두의 시선이 따라간다.

현경 저기 아버님도 계시는데예.

각자 어데? 어데?

모두 손가락으로 같은 곳을 가리킨다.

순자   뭐하노, 자서…….

등장인물들 모두 난간 밑을 내려다본다.
달리와 태준이 무대 앞쪽으로 등장한다.
동시에 무대 조금 어두워진다. 등장인물들 모두 정지한
채로,

달리   할아버지랑 그렇게 오랫동안 말을 해본 건 그날이
        처음이자 마지막이었을 거예요. 사실 뭐, 별말은
        안 했지만……

        그래도 나는, 그날 처음으로 할아버지 방문을 열
        어본 것 같았어요.
        (태준에게 말을 걸며) 할아버지.
        이거…….

달리, 초콜릿 상자를 꺼내어 태준을 향해 내민다.
그러다 손에 닿는 감촉을 느끼고 위를 올려다보며

달리   어.
        (기쁜 듯) 눈 온다…….

달리, 태준 서로 바라보며 미소 짓는 듯…….

무대 완전히 어두워진다.

잠시 후 무대 다시 밝아지면 영현이 가구를 무대 밖으로 나른다.

은희와 달리는 각각 집 안의 작은 소품들을 큰 상자에 담는다.

영서가 복도에 등장해 담배를 한 대 피우는 중에 은희가 복도로 나온다.

영서   짐이 애법 되네.

은희   뭐. 그래도 금방 끝나겠네.

영서   (옆집 앞의 묘목을 보고) 어, 이게 무슨 꽃이고. 이쁘네.

은희   흥, 당신도 늙었는가베. 꽃이 다 이쁘고.

영서   그런가. 일생이다이가, 피었다가 지는 게.

은희   요양원에는?

영서   안 갔다.

은희   왜.

영서   노인네가 가기만 하면 울어싸서.

은희   나도 마음 아파서 못 가겠드라.

          어머니 가실 때, 셋째 삼촌이 그렇게 서글피 울드만. 자식 같드라.

영서   내 보기엔 꼭 그런 게 아이다.

은희   호진이 때문에 가슴에 쌓인 게 많겠제.

영서　　　거기서 울분이 터지는 기라.

옆집 할아버지, 손에 생수통을 들고 등장한다.

영서　　　어. 어르신, 오랜만입니다. 잘 지내셨습니꺼.

은희　　　나오셨어예.

옆집　　　아. 예……

　　　　　　　오랜만입니더.

은희　　　예. 물 주려고 나오셨어예?

옆집　　　예…… 예.

은희　　　베란다에 안 놔두고 왜 여기서 키우십니꺼. 벽 때

　　　　　　　문에 햇볕도 잘 안 들 낀데.

옆집　　　아……

　　　　　　　사람들이랑 같이 보려고예.

　　　　　　　예쁘지 않습니꺼?

은희　　　예. 예쁘네예.

영서　　　향도 은은한 게, 참 좋습니더.

옆집　　　예.

달리, 복도로 나온다.

달리　　　안녕하세요.

옆집　　　어, 어.

은희　　　참, 아주머니는예? 통 안 보이시네예.

옆집	집사람……
	떠난 지 좀 됐는데…… 몰랐지예?
은희	아.
영서	몰랐습니더. 언제……
옆집	이제 일 년 됩니더.
	슬슬 밥 차려 줄 때가 됐는데…… 뭐 이거 늘 받아
	먹기만 했지.
은희	맛있는 거 차려 드리세예.
옆집	예.
	그래야지예.
은희	서운해서 우짭니꺼. 이젠 어르신도 못 뵙고예.
옆집	그러게예.
	가족도, 이웃도 없고…….
은희	또 좋은 이웃이 생기지 않겠습니꺼.
옆집	예, 그랬으면 좋겠네예.
	벌써 이렇게 자랐네……
은희	시간 참 빠르지예?
옆집	이 아가씨 국민학교 졸업할 때
	할머니가 여기서 보고 있었는데…….
은희	어머니가예?
옆집	내려가서 보래도 뭐 한다꼬 하면서……
	여서 다 나올 때까지 보고 있대예.
영서	그랬습니꺼.
은희	당신 어머니도 참. 내려오시면 되지.

옆집   애들은, 노인네들 가면 챙피하지 않습니꺼.

은희   아입니더. 오셨으면 더 좋았을 낀데……

옆집   나이 든 사람들은 조심스럽지예. 많이 컸네…….

은희   어. 눈썹 밀었나.

달리   어.

은희   아휴, 뭐 이렇게 깎았노.

달리   망쳤다.

은희   앞으로 손대지 마라이. 눈썹 다 배린다.

달리   어.

옆집   젊었을 때 가지고 있는 거 함부로 없애지 마이소.
        나이 들면 하나둘씩 없어집니더. 내 살아보니 그
        래요.

달리   네.

옆집   들어가볼게예. 이사 잘 하시고.

은희   예. 들어가입시더. 다음에 근처 오면 인사드릴게예.

영서   들어가이소.

달리   안녕히 가세요.

옆집 할아버지, 다시 집으로 들어간다.

영서   짐이나 옮겨야지.
        (은희가 따라 들어가려 하자) 좀 쉬어라.

영서, 집 안에 들어가 소도구를 가지고 퇴장한다.

69

달리   돌아가셨구나.

은희   어머니도 참, 말씀도 안 해주시고.

달리   원래 말 없으시잖아. 암인 것도 가족들한테 말 안 하셨는데 뭐.

은희   어째 그랬을꼬, 독하게. 여서 본 것도 그렇다. 내려오시지 않고.

달리   그렇게 욕을 하더니.

은희   바로 밑엔데 안 오니까 그렇지. 손녀한테 중요한 날 아이가.

달리   엄마도 중학교 졸업식 때 안 왔잖아.

은희   그건 니가 화를 돋카서 그랬지.

달리   내가 그랬나. 아빠한테 화난 거면서!

은희   니도 성질나게 했다!

달리   그렇다고 졸업식에 안 오나. 친구도 없었는데.

은희   니는 친구 좀 쉽게 쉽게 못 사귀나? 성격 좀 바꿔라.

달리   전학 온 지 얼마 안 돼서 어떻게 바로 사귀노. 겨우 사겨놓으면 이사 가면서.

은희   고등학교를 거서 어떻게 시키노.

달리   그런 시골에 가질 말던가!

은희   느그 아빠 혼자 놔두면 무슨 일을 저지를지 모른다. 상상력 참 풍부한 인간이제. 맨날 황당무계한 짓만 하고.

달리　이혼해라니까 맘 편하게. 이것도 내 때문이제?

은희　이년아 니가 결혼해서 자식 낳아봐라.

달리　흥.

은희　다 필요 없다. 남편도 자식도 이제 신경 안 쓸란다. 나도 사사로운 거에 이제 신경 안 쓰고 살아야지.

달리　제발 그래라.

은희　이제 여 못 와서 우짜노.

달리　엄만 여 오래 살았는데, 정도 안 들었나.

은희　내야 어렸을 때부터 정붙이는 게 쉽나.

달리　내 유치원 다닐 때 여기 이사 왔제?

은희　니가 일곱 살 때니까 맞네.

달리　그래도 처음 이사 올 땐 좋았제.

은희　좋았지.

달리　요즘은 가족이 같이 사는 게 집이 아닌 것 같다. 여 살았을 땐 좋았던 기억이 참 많았는데…….

은희　계속 그래 살면 되지.

달리　아빠가 사고만 안 치면.

은희　내 말이 그 말이다.

사이, 영현이 등장한다.

은희　　고생 많제. 거들 거 없어요?

영현　　아이라. 다 돼갑니더.

은희　　산은 계속 타나?

영현　　어. 건강 챙기야지예.

은희　　혼자 가나.

영현　　에이, 뭘 혼자 가노.

은희　　그럼 누구랑 가노. 년이가 놈이가.

영현　　놈이랑 말라 가노! 년이니까 가지.

은희　　흥, 여자들이 산에 가면 좋아하나?

영현　　울긋불긋하니까 더 미친다.

은희　　허. 인간 같은 거 만나라이. 산불이나 조심하소.

영현, 씩 웃고는 집 안으로 들어갔다가 소도구들을 들고 퇴장한다.

은희　　못 말린다. 조카 앞에서 할 말이가. 하여튼…….

달리　　그래도, 난 삼촌 다시 봤디.

은희　　와.

달리　　되게 가벼운 줄 알았거든.
　　　　　근데, 할머니 돌아가셨단 말 들었을 때 삼촌 표정
　　　　　을 봤는데 놀래서 눈물이 차오르려고 하는데 다
　　　　　들 우니까 삼키고 씩 웃어버리는 거라. 그냥 티를
　　　　　안 내는 것 같다.

은희　　하긴 니 아빠보다 낫다. 여잘 잘못 만나서 그렇지.

재혼도 안 한다이가. 다시 합칠라고.

달리 그럼 왜 안 합치는데?

은희 애들 엄마가 하기 싫다 했단다.

달리 왜?

은희 양육비 꼬박꼬박 주는데 말라 할 끼고.

달리 그러면 같이 살 필요가 없나?

은희 별별 사람이 다 있는 기다.

이상하네. 발가락이 찌릿찌릿하네.

달리 왜 그러노?

은희 저번에 아프기 전에도 이러드만.

달리 바로 병원 가리. 미루지 말고.

은희 확 죽어뿌지 뭐.

달리 아, 그런 말 좀 하지 마라.

은희 흥, 엄마 죽으면 제사 지내주나?

달리 뭘 죽노!

은희 안 해줄 끼가?

달리 몰라. 그냥 밥 차려주는 거 아이가. 당연히 하지.

은희 딸밖에 없네.

달리 그래. 내한테 잘 해라.

은희 니나 잘 해라 이년아.

(바닥의 담뱃재를 보고) 아휴 요즘 너희 아빠 왜
이렇게 담배를 피노.

달리 아빠도 힘든갑지.

은희 지 하고 싶은 거 다 하는데 뭐가 힘드노.

달리   나는 아빠 담배 피는 거 좋던데.

은희   와.

달리   한숨이 보인다이가.

은희   욕갑한다. 그러다 폐암 걸려 뒤지겠다.

달리   엄마는 아빠 한숨 안 보제?

은희   내 숨 쉬기도 힘들다. 니는 참 느그 아빠 잘 이
          해하드라.

달리   한숨을 보는 거지.

은희   엄마 한숨은 안 보이드나?

달리   내가 엄마 한숨이다이가.

은희   이제 발은 안 시렵나? 약 좀 해미야 되는데.

달리   이제 겨울 다 가서 괜찮다.

은희   머리카락도 그렇고 여자애가……
          니가 갓 태어났을 땐 머리카락이 그렇게 새카맣게
          많드만. 원래 딴 아들은 없는데 니는 꺼멓게 있었
          디.

달리   내 낳을 때 어땠는데?

은희   뭘 어때.

달리   아프드나.

은희   당연히 아프지. 낳고 나서 울었다이가.

달리   왜.

은희　딸이니까. 또 낳아야 돼서.

달리　흥, 둘 다 울고 있었겠네.

은희　그래도 내가, 니를 낳고 얼마나 가슴 떨리고 설렜는지 모른다.

　　　　남편이 있다 해도 자식만큼 사랑할 수 있겠나. 나는 니 아빠가 첫사랑이지만 사실 진짜 첫사랑은 니다 아이가. 니가 처음 엄마를 부르던 날, 초등학교 입학하던 날, 첫 생리 하던 날…… 모든 게 궁금하고 신기하고. 내 자식이니까.

　　　　지금도 나는, 니를 보면 가슴이 설렌다.

달리　말은…….

은희의 핸드폰 벨소리가 들린다.

은희　여보세요? 어. 어.

　　　　어머니 집 왔다. 어.

　　　　어…… 어.

　　　　어, 알았다. 내 금방 갈게.

달리　(은희가 전화를 끊자) 왜. 누군데.

은희　이제 거의 다 됐제? 엄마 3층에 좀 갔다 올게.

달리　왜.

은희　여 살 때 아는 여자가 엄마 욕을 했단다. 지금 3층에 있다네.

달리   어? 됐다 마. 놔두라.

은희   아니 내가 지한테 욕 들어야 할 이유가 뭐가 있노.

달리   몸도 안 좋은데 그냥 있어라. 괜히 흥분하지 말고.

은희   금방 갔다 올게. 저 남은 거 들고 내려가라.

은희, 급하게 퇴장한다.

영서가 등장해 복도로 들어온다.

영서   뭐하노? 엄마는.

달리   누가 욕했다고 해서 따지러 갔다. 이제 사사로운
         거에 신경 안 쓸 거라더니…….

영서   골 때린다.

달리   이제 다 끝나가네. 삼촌은?

영서   일 있다고 갔다.(집 안에 들어가서 보고) 이제 저
         것만 내려가면 되겠네.

달리   응. (집 안을 보며) 조용하네. 가구랑 물건들도 각
         자 소리가 있는갑다.

영서   (방 바닥에 놓여 있는 사진 앨범을 눈짓하며) 이
         거 들고 온나.

달리   응.
         할머니 이젠 여기 안 계시네.

영서　　들고 내려온나.

영서 퇴장한다.
무대 조금 어두워진다. 사이.

달리　　안녕하세요? 아무도 안 계세요?

빈 공간뿐이다.
하지만 달리의 기억 혹은 상상 속에서 모든 풍경이 재현되는 듯 공간에 말을 건다.

달리　　(작은엄마가 보이는 듯 부엌 쪽으로 가) 작은엄마, 제가 할게요. 아니에요. 저 과일 깎는 거 진짜 잘하는데. 쉿? 아, 호진이.
　　　　자는 얼굴이 꼭 천사 같네요.
　　　　(옆의 바닥을 보며 짜증스럽게) 아, 엄마. 엄마가 뭐라 안 해도 내가 할 거거든? 한다. 한다고!
　　　　(다른 쪽을 보며) 삼촌, 그 빵 진짜 맛있던데 또 가져오면 안 돼요? 그리고 수지 걱정 마세요. (어른같이) 애들 클 때 다 그런 거 아니겠습니꺼. 다시 돌아와요.
　　　　(현관 앞으로 가며) 수현아, 수지야 어서 온나. 어, 삼촌들 다 오셨네. 작은숙모 안녕하세요? 멀리서

오시느라 피곤하셨죠? 어떻게 지내셨어요? 아프신
건 좀 어떠세요?

(작은방 문으로 가 조심스레 문을 두드리며 들어
간다) 뭐하세요?

할아버지. 할아버지는 뭐 좋아하세요? 할머니랑
어떻게 결혼했어요? 할아버지 잘생겼는데 인기 많
았죠? 초콜릿도 많이 받았겠다. 제가 드린 초콜릿
을 그렇게 좋아할지 몰랐어요. 할아버지가 달달한
걸 좋아하는지 몰랐거든요.

근데, 생각해보니까 왜 안 물어본 거지. 문 열고 들
어가기만 하면 되는데.

(다시 나와 방바닥에 누우며) 아빠. 내 따라 하지
마라. 엄마가 자꾸 닮았다고 하잖아. 내가 더 기분
나쁘거든? 엄마는 아빠 닮았다 하고 아빠는 엄마
닮았다 하고. (한숨 쉬며) 아 진짜. 엄만 또 뭐라는
줄 아나? 내가 엉덩이 큰 건 또 할머니 닮았단다.
자기 엉덩이 큰 건 몰라요.

할머니! (하고 사진 앨범이 있는 쪽으로 가 엎드려
사진 앨범을 열어 보며) 이거 아빠 어릴 때예요? 우
와, 진짜 촌시럽다. 그래도 나름 멋 부렸네요. 옆에
여자는 누구예요? 첫사랑? 허. 이거 엄마가 보면
뭐라 할 낀데.

할머니는 가끔 이렇게 사진 봐요? 요즘은 앨범이

별로 없잖아요. (사진을 자세히 보며) 근데 여기 사진들은 보다 보니 더 많은 게 보이네. 왜 이 순간에 사진 찍었을까요?

순자, 부엌에서 2인분의 밥상을 들고 등장한다.

순자　　안 이자뿔라고 찍었겠제. 무라.
달리　　(웃으며) 잘 먹겠습니다.

두 사람, 식사를 한다.

순자　　괜찮제?
달리　　네.
순자　　이건 배추나물. 내가 어제 쪼매 짰다. 이건 가지나물이고. 느타리버섯이고 그렇다. 무(먹어)도 괜찮다.
달리　　네.
순자　　간장으로, 메주가 너무 비싸서 마. 느그도 이사를 가뿌렀제, 올케 안 담갔다. 안 담가가지고, 간장 쪼매 있는 거 애낀다. 너네는 사 묵는가 모르겠다.
달리　　엄마도 만들어 먹어요.
순자　　만들어 묵나. 메주가 너무 비싸더라고. 간장 푹 무치가 먹으면 맛있는데.

그 저 나제 시집가도, 너희 아빠 사는 데 근처 어디 직업이 됐으면 좋겠다, 그제. 젊을 때는 모리는데. 느근 아직 몰라서 글치. 젊을 때는 자식 키울 때 따른 맘이 없는데, 나이 묵고 하면 자식이 쟈테 있어야지. 너희 아빠 이사 간다캐서 내가 통곡을 하고 울었다. 얼마나 설븐지. 이사 간다 하는 소리 듣고 얼마나 눈물이 쏟아지던지 마.

그래도 자식이 쟈테 있다 하면 마음이 든든하고. 나이가 많으면 딴 사람들이 더러 묻는 사람들이 있어. 자식이 쟈테 있나. 혼자 사는교 카고 물어사코. 그럼 큰아들은 요 살고 둘째, 셋째도 여 있다. 이래 이야기를 하는데. 그래도 마음이 든든하고 있었는데 이사 간다 카니까 내가 눈물이 펑펑 쏟아지드라.

우야든지 느네 아빠 사는 데 살도록 노력을 해라. 멀리 떨어지면 온다 캐도 그게 쉬운 일이 아니다, 암만 맘이 있어도. 젊을 땐 모리는데, 나이 들면 자식이 쟈테 있어야 좋다.

달리   네…….

순자   밥 더 줄까? 많이 무라, 야야.

달리   아니요.

잘 먹었습니다.

순자, 밥상을 들고 퇴장하면 무대 다시 밝아진다.
달리, 사진 앨범을 품에 안고는 옷 안에서 초콜릿 상자를 꺼내어 무대 중앙에 놔둔다.
복도 난간으로 나와 밑을 내려다보며 한 손을 뻗는다.
마지막으로 눈앞에 보이는 모든 풍경을 어루만지려는 듯…… 그러다,

달리　어.

눈 온다…….

달리, 미소 짓는다.

막.

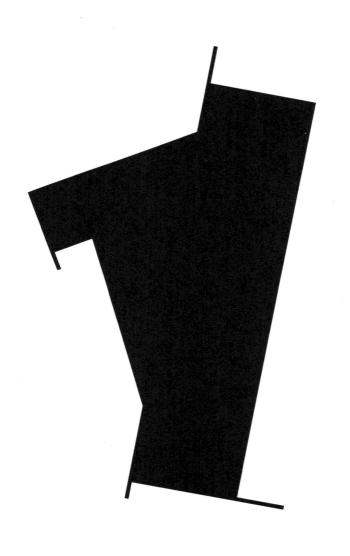

지금도 가슴 설렌다

2018년 7월 4일 1판 1쇄 펴냄

지은이 이혜빈
펴낸이 김성규
책임편집 박찬세
디자인 진다솜
펴낸곳 걷는사람
주소 서울 마포구 월드컵로16길 51 서교자이빌 304호
전화 02 323 2602
팩스 02 323 2603
등록 2016년 11월 18일 제25100-2016-000083호
ISBN 979-11-89128-05-0 04810
ISBN 979-11-89128-00-5 (세트)